W0412125

Salut!

In diesem Heft könnt ihr die **Grammatikregeln** aus *Tous ensemble* 1 lektionsweise **entdecken**, **verstehen** und **lernen**.

Anhand von vielen **Übungen** könnt ihr das Gelernte gleich im Anschluss **Schritt für Schritt trainieren.**

Alle **Lösungen** zu den Übungen findet ihr ab Seite 27, so dass ihr eure Ergebnisse selbstständig **überprüfen** könnt.

Bonne chance!

Euer *Tous ensemble*-Team

Inhaltsverzeichnis

Rayan, Léo, Louna und Alice sind natürlich dabei in diesem Heft.

Rayan Léo Alice Louna

Aber auch Maxime, Amir, Malika und Julie.

Maxime Amir Malika Julie

1 Bonjour! → nach Étape C

a Regardez la scène.
Alice und Léo begrüßen sich. Wer stellt die Frage und wer antwortet? Was stellt ihr fest?

Wenn ihr die Übungen gemacht habt, könnt ihr euch selbst überprüfen. Die Lösungen findet ihr ab Seite 27.

b Surlignez les questions.
Markiert die Fragen.

Non, c'est Léo.

C'est Alice.

Oui, ça va.

Ça va?

C'est Rayan?

C'est qui?

Tu t'appelles comment?

Je m'appelle Alice.

c Reliez la question avec la réponse.
Verbindet die Frage mit der passenden Antwort.

1 Je m'appelle … – Die Personalpronomen → nach Étape B

Lisez le dialogue et soulignez les pronoms personnels **je / j'**, **tu**, **il** ou **elle**.
*Lest den Dialog und unterstreicht die Personalpronomen **je / j'**, **tu**, **il** oder **elle**.*

Rayan: Salut, je m'appelle Rayan. Et toi?
Léo: Je m'appelle Léo. J'ai 12 ans. Et toi, tu as quel âge?
Rayan: J'ai 13 ans. J'ai aussi une sœur, elle a 19 ans. Et toi, tu as des frères et sœurs?
Léo: Oui, j'ai un frère, il s'appelle Victor.

2 J'ai un chien, et toi? → nach Étape B

Complétez les dialogues avec **je / j'**, **tu**, **il** ou **elle**.
Vervollständigt die Dialoge mit den Personalpronomen.

1. **Louna:** Coucou Rayan ça va? Ah, __________ as aussi un chien?
   Rayan: Oui, __________ s'appelle Titou.
2. **Rayan:** __________ habites ici?
   Louna: Oui, __________ habite dans le quartier.
3. **Louna:** __________ as des frères et sœurs?
   Rayan: Oui __________ ai un frère et une sœur. Malik et Emmy.
4. **Louna:** Emmy a quel âge?
   Rayan: __________ a 19 ans.

3 Tu as des frères et sœurs? – Das Verb *avoir* im Singular → G1 → nach Étape B

a Soulignez les formes du verbe **avoir**.
*Unterstreicht die Formen des Verbs **avoir**.*

1. Elle a des frères et sœurs?
2. Moi, j'ai un chien.
3. Tu as des frères et sœurs?
4. Rayan, il a une sœur.

b Écrivez les phrases de **a** sous les bonnes images.
*Schreibt die Sätze von **a** unter die richtigen Bilder.*

1. ______________________________

2. ______________________________

3. ______________________________

4. ______________________________

c Faites des phrases.
*Bildet Sätze mit den **Personalpronomen** und dem Verb **avoir**.*

1.  + avoir + 

2.  + avoir + 

3.  + avoir + 

4.  + avoir + 

4 Un frère / une sœur / des frères et sœurs – Der unbestimmte Artikel → G2 → nach Étape B

Lisez le texte et entourez l'article indéfini en bleu, en rouge ou en **noir**.
*Lest den Text und umkreist den **unbestimmten** Artikel in Blau (männlich), in Rot (weiblich) oder in Schwarz (Plural).*

Léo: Tu as des frères et sœurs?

Rayan: Oui, j'ai une sœur et un frère. Et toi?

Léo: Oui, j'ai un frère. J'ai aussi un chat.

5 Des frères et des sœurs? → G2 → nach Étape B

Complétez les dialogues avec un, une ou **des**.
*Vervollständigt die Dialoge mit un, une oder **des**.*

1. **Emmy:** Léo a ____________ sœur?
   Rayan: Non, mais il a ____________ frère.
2. **Victor:** Rayan a ____________ frères et sœurs?
   Léo: Oui, il a ____________ frère et ____________ sœur.

6 Jeu de mots → G2 → nach Étape B

a Trouvez 5 mots. Entourez les mots en bleu, en rouge ou en **noir**.
*Findet 5 Wörter (waagerecht und senkrecht). Kreist sie in Blau, in Rot oder in **Schwarz** ein.*

J	C	G	G	S	I	W	Z	C	F	D
N	P	N	U	V	C	K	L	J	C	C
C	A	G	E	R	O	S	Œ	U	R	O
H	B	J	C	F	U	C	W	O	G	U
A	H	J	I	R	S	H	G	I	C	S
T	O	H	L	È	I	I	R	H	T	I
D	E	L	P	R	N	E	S	U	S	N
D	Z	B	E	E	W	N	S	P	G	E
N	B	H	K	S	T	N	Z	L	Q	T

b Lisez et écrivez les mots avec l'article.
Lest die Wörter mit dem Artikel laut vor und schreibt sie.

____

____

*Mein Lieblingssatz mit un, une oder **des**:*

___

___

___

Diese Wörter kann ich mir noch nicht so gut merken:

___

___

___

*Mein Lieblingssatz mit **avoir**:*

___

___

1 Tu aimes le foot? – Der bestimmte Artikel im Singular *le, la, l'* → G3 → nach Étape A

Lisez le dialogue et soulignez l'article défini. Quand est-ce qu'on utilise **le**, **la** ou **l'**?
Lest den Dialog und unterstreicht den bestimmten Artikel. Wann benutzt man ***le, la*** *oder* ***l'****?*

Amir: Tu aimes le foot?
Julie: Non, mais j'aime la danse et le cinéma! Et toi?
Amir: Moi, j'aime le foot et aussi l'escalade.

2 Les cahiers de ... – Der bestimmte Artikel im Plural *les* → G3 → nach Étape A

a Lisez les phrases et comparez. Qu'est-ce que vous constatez?
Lest die Sätze und vergleicht. Was stellt ihr fest?

1

Voilà le cahier de Rayan.

2

Voilà les cahiers de Rayan.

b Faites des phrases avec **le**, **la**, **l'** et **les**.
Bildet Sätze mit ***le, la, l'*** *und* ***les****.*

1

2

3

1. *Voilà* ______ *et* ______ *d'Alice*.
2. ______.
3. ______.

3 Le chien de Maxime ou un chien? → G2, G3 → nach Étape A

a **Un**, **le**, **des** ou **les**? Lisez les dialogues.
*Lest die Dialoge. Wann benutzt man **un**, **le**, **des** und **les**?*

1. **Julie:** C'est **le** chien de Maxime?
   Malika: Non, Maxime a **un** chien, mais c'est **le** chien d'Amir.
2. **Malika:** Tu as **les** cahiers d'Amir?
   Julie: Non, Amir a **des** cahiers, mais j'ai **les** cahiers de Maxime.

b Traduisez en allemand.
*Was entspricht **un / une** und **le / la / les** auf Deutsch?*

un / une = ______________________

le / la = ______________________

les = ______________________

c Complétez avec **le** (1x), **la** (1x), **l'** (1x), **les** (1x), **un** (2x), **une** (3x) et **des** (3x).
Ergänzt mit dem passenden Artikel.

1. **Malika:** __________ cousine de Julie a 14 ans.
   Amir: Julie a aussi __________ sœur?
   Malika: Oui, elle a une sœur.
2. **Julie:** Maxime a __________ frères et sœurs?
   Malika: Oui, il a __________ frère et __________ sœur.
3. **Maxime:** Voilà __________ cahiers de Julie.
   Amir: Elle a aussi __________ trousse?
   Maxime: Oui, elle a __________ effaceur, __________ crayons
   et __________ règle.
4. **Amir:** Tu aimes __________ sport?
   Maxime: Oui, j'adore __________ escalade.

4 Il aime le sport – Die Verben auf *-er* im Singular → G4 → nach Étape A

a Lisez le dialogue et soulignez les verbes.
Lest den Dialog und unterstreicht die Verben.

b Complétez la carte avec les terminaisons du verbe **détester**.
*Vervollständigt die Verbkarte mit den Endungen von **détester**.*

détester

je détest ____________

tu détest ____________

il / elle détest ____________

5 On a des copains – Das Pronomen *on* → nach Étape B

a Lisez le dialogue et soulignez le pronom personnel **on**. Quand est-ce qu'on utilise **on**?
*Lest den Dialog und unterstreicht das Personalpronomen **on**. Wann benutzt man **on**?*

Léo: Salut Rayan. Tu as une activité, aujourd'hui?
Rayan: Oui. J'ai natation. Au collège, on a badminton aujourd'hui?
Léo: Non. Mais on a le programme des activités. On cherche une activité ensemble?
Rayan: Oui, super.

b Complétez le dialogue avec **je / j'**, **tu** et **on**.
Vervollständigt den Dialog mit den Personalpronomen.

Léo: __________ as des frères et sœurs?

Rayan: Oui, __________ ai un frère et une sœur. __________ a aussi un chien.

6 Ils aiment le foot – Die Verben auf *-er* im Plural → G4 → nach Étape C

a Lisez le dialogue, entourez les **pronoms personnels** et soulignez les formes du verbe **aimer** et **adorer**.
*Lest den Dialog, kreist die **Personalpronomen** ein und unterstreicht die Formen von **aimer** und **adorer**.*

Julie: Maxime, Amir, **vous aimez** la natation?
Maxime: Oui, **nous adorons** la natation. Et toi?
Julie: Non. Mais les copains de la 5^{e}B, **ils adorent** le foot.
Amir: Et les copines?
Julie: **Elles aiment** aussi le foot.

b Complétez les formes du verbe **aimer** au pluriel.
*Vervollständigt die Formen von **aimer** im Plural.*

ils/elles aim ________ vous aim ________ nous aim ________

c Complétez les dialogues avec **je / j', tu, il / elle / on, nous, vous** et **ils / elles.**
*Vervollständigt die Dialoge mit **je / j', tu, il / elle / on, nous, vous** und **ils / elles.***

1. **Julie:** Il y a un match de badminton lundi au collège. __________ regardes le match?
   Maxime: Oui, Amir et moi, __________ regarde le match ensemble.
   Julie: Ah, cool!
2. **Maxime:** Amir et moi, __________ cherchons une activité au collège.
   Malika: __________ ai une idée! __________ cherchez dans le programme.
   Amir: OK.
3. Les copains trouvent une idée. __________ adorent le club vidéo.
   Les copines trouvent aussi. __________ aiment le club écologie.

7 Et toi, tu aimes quoi? → G4 → nach Étape C

Complétez le dialogue avec les verbes.
Vervollständigt den Dialog mit den Verben.

adorer (1x) — aimer (3x) — chercher (1x) — regarder (1x)

1. **Julie:** Vous __________________ une activité?
2. **Amir:** Oui, nous __________________ le programme.
3. **Maxime:** Moi, j'__________________ le foot. Et toi, tu __________________ quoi?
   Et Malika?
4. **Julie:** Malika et moi, on __________________ le foot.
5. Julie et Malika aiment le foot et elles __________________ le cinéma.

8 Vous avez quel âge? – Das Verb *avoir* im Plural → G5 → nach Étape D

a Reliez les phrases.
Verbindet die Sätze.

J' ○	○ avons une idée.
Tu ○	○ a un problème.
Elle ○	○ avez un portable?
Nous ○	○ as un frère.
Vous ○	○ ont des copains.
Ils ○	○ ai une question.

b Regardez les photos et les phrases. Quand est-ce qu'on utilise **ils** et **elles**?
*Schaut euch die Fotos und die Sätze an. Wann werden **ils** und **elles** verwendet?*

1

Ils ont un match de basket.

2

Elles ont une idée.

3

Ils ont un cours de théâtre.

c Complétez les phrases avec les formes du verbe **avoir**.
*Vervollständigt die Sätze mit den Formen von **avoir**.*

1. Ils ____________ quel âge, les élèves?
2. Vous ____________ une bonne idée!
3. Nous ____________ des frères et sœurs.
4. Julie et Malika __________ un match de badminton.

d Lisez les phrases à haute voix.
Lest die Sätze laut.

1. Nous‿avons une idée.
2. On‿a un match de foot.
3. Elles‿ont des chats.
4. Vous‿avez quel âge?

Das **-n** und das **-s** der Personalpronomen werden vor einem Vokal gebunden. Das **-s** wird stimmhaft ausgesprochen.

1 Où est mon ballon? – Die Possessivbegleiter → G6 → nach Étape B

a Lisez le dialogue et entourez les pronoms possessifs masculins en **bleu**, en **rouge** ou en **noir**.
Lest den Dialog und umkreist die Possessivbegleiter in Blau (männlich), in Rot (weiblich) und in Schwarz (Plural).

Malik a un match de ping-pong.

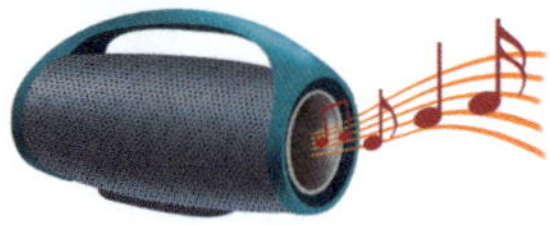

Malik: Où est **mon sac**? J'ai un match de ping-pong!

Mme Vidal: Je ne sais pas[1] … Ah regarde, il est là, **ton sac**. Et voilà aussi **ta raquette**.

Malik: Merci. Et **mes chaussettes**?

Mme Vidal: Là, regarde. Au fait, **ton frère** cherche **ton enceinte**. Elle est où?

Malik: Dans **mon sac**. Je regarde. Oh, tiens, il y a aussi **tes lunettes** dans le sac.

[1] **je ne sais pas** ich weiß (es) nicht

b Quand est-ce qu'on utilise **mon, ma, mes, ton, ta** et **tes**?
*Wann benutzt man **mon, ma, mes** und wann **ton, ta, tes**?*

Man benutzt ________ / ________ vor männlichen Nomen im Singular.

Man benutzt ________ / ________ vor weiblichen Nomen im Singular.

Man benutzt ________ / ________ vor weiblichen Nomen im Singular, die mit einem Vokal beginnen.

Man benutzt ________ / ________ vor Nomen im Plural.

c Reliez **mon, ma, mes** et **ton, ta, tes** aux bons mots.
*Verbindet die Possessivbegleiter **mon, ma, mes** und **ton, ta, tes** mit den richtigen Wörtern.*

mon / ton	collège
ma / ta	chaussettes
mes / tes	réponse
	tasse
	école
	stylo

Meine Schwester → ma sœur
Vor Vokal:
Meine Schule → mon‿école

2 Alice cherche ... → G6 → nach Étape B

a Lisez les phrases et expliquez: quand est-ce qu'on utilise **son**, **sa**, **ses**?
*Lest die Sätze und erklärt: Wann verwendet man **son**, **sa** und **ses**?*

Alice cherche **son enceinte**. Elle appelle **son frère**.
Mais il est avec **ses copains**. Alors, elle appelle **sa mère**.

Man benutzt __________ vor männlichen Nomen im Singular.

Man benutzt __________ vor weiblichen Nomen im Singular.

Man benutzt __________ vor weiblichen Nomen im Singular, die mit einem _____________ beginnen.

Man benutzt __________ vor Nomen im Plural.

b Traduisez les phrases en allemand. Qu'est-ce que vous remarquez?
Übersetzt die beiden Sätze ins Deutsche. Was fällt euch auf?

Alice cherche **sa règle**.

____

Léo cherche **sa règle**.

____

3 Le test → G6 → nach Étape B

Complétez le dialogue avec **mon**, **ma**, **mes**, **ton**, **ta**, **tes** ou **son**, **sa**, **ses**.
*Ergänzt den Dialog mit **mon**, **ma**, **mes**, **ton**, **ta**, **tes** oder **son**, **sa**, **ses**.*

Alice, Rayan und Léo schreiben heute einen Test.

Alice: Pour le test, j'ai __________ stylos. Tu as __________ stylos?

Rayan: Oui, j'ai aussi __________ effaceur. Mais où est Léo? Et Léo, il a __________ effaceur?

Alice: Il arrive. Oui, il a __________ effaceur et __________ règle. Et toi, tu as __________ règle?

Rayan: __________ règle est là. Tu ranges __________ portable?

Alice: Ah oui! Et j'espère que[1] Léo a __________ lunettes.

1 **espérer que** hoffen, dass

Mein Lieblingssatz mit einem Possessivbegleiter:

____

____

4 Allô, tu es où? – Das Verb *être* → G7 → nach Étape D

a Lisez le dialogue et soulignez la bonne forme du verbe **être**.
*Lest den Dialog und unterstreicht die richtige Form von **être**.*

Mère de Maxime: Allô Maxime? Tu es | est où?

Maxime: Je suis | es avec Amir.

Mère de Maxime: Ah, mais vous êtes | sont où? Chez Amir?

Maxime: Oui, nous sommes | sont dans la cuisine.

Mère de Maxime: Ses parents est | sont là?

Maxime: Sa mère es | est là.

Mère de Maxime: Ah d'accord.

b Lisez le dialogue avec un / une partenaire.
Lest den Dialog mit einem Partner / einer Partnerin.

c Trouvez les formes du verbe **être** et écrivez le pronom personnel qui correspond.
*Findet die Formen von **être** und schreibt das passende Personalpronomen dazu.*

W	P	H	S	O	N	T
L	S	B	D	S	S	M
E	F	N	Ê	U	O	N
S	W	R	T	I	M	Y
T	E	S	E	S	M	C
M	Y	S	S	S	E	U
B	I	S	P	A	S	N

Die Formen von **être** solltet ihr auswendig lernen. Ihr werdet sie sehr oft brauchen.

5 Vous êtes où? → G7 → nach Étape D

Complétez le chat avec les formes du verbe **être**.
Ergänzt den Chat mit den Formen von ***être****.*

Julie et Malika sont au match de foot de Maxime.

Julie

Maxime

Coucou Julie, Malika et toi, vous __________ où?

Coucou Maxime, je __________ là et Malika __________ là aussi.

Ok, le match commence[1] bientôt. Mes copains __________ là aussi.

Lisa arrive. Elle __________ dans la rue. Nous __________ devant le stade[2].

Ah super!

Bonne chance pour le match. Tu __________ un champion de foot. 👍

Merci!

1 commencer beginnen; **2 le stade** das Stadion

6 Il fait une fête – Das Verb *faire* → G8 → nach Étape E

a Reliez les pronoms personnels aux formes du verbe **faire**.
Verbindet die Personalpronomen mit den Formen von ***faire****.*

1. je	fait
2. tu	faisons
3. il	fais
4. nous	fais
5. vous	font
6. elles	faites

b Complétez avec les formes du verbe **faire**.
*Vervollständigt mit den Formen von **faire**.*

1. Samedi, Malika ____________ une fête. Elle est au supermarché avec Julie.

   Les copines ____________ les courses.

   Julie: Alors, qu'est-ce qu'on achète?

   Malika: Des chips. Et on achète aussi des œufs. Je ____________ un gâteau.

   Julie: Oh génial, tu ____________ ton super gâteau au chocolat?

   Malika: Oui.

2. Samedi, à 17 h, les copains arrivent chez Malika …

   Maxime: Eh, qu'est-ce que vous ____________?

   Malika: Ben, nous ____________ une playlist pour la fête.

1 jouer spielen

7 La fête d'anniversaire

Complétez le dialogue avec les verbes.
Vervollständigt den Dialog mit den Verben.

appeler (1x) | discuter (1x) | organiser (1x) | adorer (1x) | aimer (1x) | apporter (3x) | habiter (2x)

Alice: J'______________ une fête samedi.

Léo: Super, bonne idée! J'______________ un gâteau?

Alice: Oui, super. Et toi, Rayan, tu ______________ des boissons?

Rayan: OK. Et vous ______________  les chips?

Léo: J'______________ les chips!

Rayan: Alors j'______________ des boissons et des chips.

Au fait, Alice, tu ______________ où?

Alice: J'______________ dans le quartier. Voilà mon adresse.

Rayan: Merci. Alors, maintenant, j'______________ ma mère et

je ______________ avec elle pour ta fête.

1 Mon programme – Das Verb *aller* + *à* → G9 → nach Étape A

a Regardez le programme de Léo. Quand est-ce qu'on utilise **au**, **à la**, **à l'** et **aux**?
*Schaut euch Léos Wochenprogramm an. Wann verwendet man **au**, **à la**, **à l'** und **aux**?*

Léo discute avec son corres dans un mail.

e-mail

Salut,

Voilà mon programme.

Le collège:
Le matin, je vais à l'école à 8 heures.

Mes activités:
Le mercredi, je vais au foot à 17 heures.
Le jeudi je vais **aux activités** du collège: le club vidéo et le club écologie.
Le samedi, je vais à l'anniversaire d'un copain.
Le dimanche, je vais à la montagne avec mes parents.

Et toi, tu fais quoi?
À bientôt!

Léo

b Triez les mots.
*Ordnet die Wörter in der richtigen Spalte bei **au**, **à la**, **à l'** oder **aux** ein.*

escalade | natation | club vidéo | chorale | campagne | musée | Champs-Élysées
collège | école | foot | yoga

Je vais au ...	à la ...	à l' ...	aux ...

2 Vous allez où? – Das Verb *aller* → G9 → nach Étape A

a Lisez les dialogues et surlignez les formes du verbe **aller**.
*Lest die Dialoge und markiert die Formen von **aller**.*

1. **Julie:** Malika, on va au cinéma?
   Malika: OK. Et les garçons, ils vont aussi au cinéma?
   Julie: Non, ils vont aux Champs-Élysées.
2. **Amir:** Tu vas au stade samedi?
   Maxime: Non, je vais au musée.
3. **Camille:** Papa et maman, vous allez où?
   Père: Nous allons au théâtre.
   Camille: Et moi?
   Père: Tu restes à la maison avec Maxime et Antoine.

Auch **aller** ist ein unregelmäßiges Verb. Ihr solltet die Formen auswendig lernen! Es wird sich lohnen.

b Complétez avec les formes du verbe **aller**.
*Vervollständigt das Buchstabenrätsel mit den Formen von **aller**.*

				I	L		V	1							
							T	2		V	A	S			
						J	E		V						
								3				V	O	N	T
N	O	U	S					4							
								5			A	L	L	E	Z
				I	L	S		6							
								R							
								8		V	A				

Malika va

1	2		3	4	5	6	R	8

Mein Lieblingssatz mit aller + à:

____

____

____

____

3 Nous allons à l'école ... → G9 → nach Étape A

a Faites des phrases.
Findet die passenden Bilder und bildet Sätze.

1. Maxime et Amir font les courses. Ils
2. C'est l'anniversaire de ma mère. On
3. J'ai un test à 9 heures. Je
4. Nous sommes à Paris. Nous
5. Vous aimez le foot? Alors vous

b Maintenant, écrivez les phrases.
Schreibt nun diese Sätze auf.

1. Ils ______________________________________.
2. On ______________________________________.
3. Je ______________________________________.
4. Nous ______________________________________.
5. Vous ______________________________________.

4 Amir ne va pas à la piscine – Die Verneinung → G10 → nach Étape B

a Lisez le dialogue et soulignez la négation.
Lest den Dialog und unterstreicht die Verneinung.

Maxime: Tu vas où avec ton sac? À la piscine?
Amir: Non je ne vais pas à la piscine. Je vais au parc avec Julie.
Maxime: Cool! Je vais au parc avec vous. Mais je n'ai pas ma raquette de badminton.
Amir: Julie a peut-être une raquette pour toi.
Maxime: Bonne idée. Allô Julie? Je vais au parc avec vous! Tu n'as pas une raquette pour moi?
Julie: Attends, je regarde. Oui. J'apporte deux raquettes.
Maxime: Super, merci!

b Répondez aux questions. Utilisez **ne / n' ... pas.**
*Beantwortet die Fragen. Verwendet **ne / n' ... pas**.*

1. – Ça va?
   – Non, ______________________________.
2. – Tu cherches ta règle?
   – Non, ______________________________. Je cherche mon stylo.
3. – Ton copain aime son cadeau?
   – Non, ______________________________. Il déteste les BD.

4. – Maxime et Julie ne vont pas au skatepark?

   – Non, ______________________________. Ils vont à la piscine.

5. – Tu ne vas pas au collège aujourd'hui?

   – Non, ______________________________. C'est les vacances[1].

1 les vacances die Ferien

5 Tu n'aimes pas ... → G10 → nach Étape B

Remettez les mots dans le bon ordre pour faire des phrases avec **ne / n' . . . pas.**
*Ordnet die Wörter, um Sätze in der Verneinung mit **ne / n' . . . pas** zu bilden.*

Maxime raconte:

1. les | pas | Je | musées | aime | n'

   ______________________________. J'aime le foot.

2. pas | va | Malika | à la tour Eiffel | ne

   ______________________________. Elle va aux Champs-Élysées.

3. n' | pas | cousins | habitent | quartier | dans | Mes | le

   ______________________________. Ils habitent à Avignon.

4. regarde | Amir | ne | les séries | pas

   ______________________________. Il aime les films.

6 Regarde! – Der Imperativ → G11 → nach Étape C

a Regardez les photos et expliquez. Pourquoi est-ce que Rayan dit *(sagt)* «regard**ez**» et Léo dit «regard**e**»?
*Schaut euch die Fotos an und erklärt den Unterschied zwischen **regardez** und **regarde**.*

b Complétez les verbes avec **-e** ou **-ez**.
Vervollständigt die Verben mit der richtigen Form des Imperativs.

Mais Louna, rigol____ avec nous!

Eh les copains, rang_____ bien les sacs!

Regard_____ le pont! Léo, cherch_____ son nom s'il te plaît!

1

2

3

c Regardez la photo et lisez les bulles. Qui parle avec qui?
Schaut euch das Foto an und lest die Sprechblasen. Unterstreicht den Imperativ. Schreibt mit wem die Jugendlichen sprechen.

Regardez mon gâteau au chocolat!

Alice parle avec ________________

Rayan, mange le gâteau. C'est ton gâteau d'anniversaire.

Alice parle avec ________________

Mangez ma quiche. Elle est super.

Léo parle avec ________________

C'est mon enceinte. Écoutez ma musique!

Alice parle avec ________________

Chante, Alice. C'est trop cool!

Rayan parle avec ________________

Tu aimes la pastèque, Rayan? Regarde, c'est pour toi.

Louna parle avec ________________

7 La visite

Complétez le texte avec les verbes.
Vervollständigt den Text mit den passenden Verbformen.

supporter (1x) | acheter (1x) | visiter (1x) | adorer (1x) | rentrer (1x) | manger (1x) | aller (1x) | faire (1x)

Maxime schreibt in seinem Tagebuch:

Aujourd'hui, on ______________ Paris avec mon copain de Lyon et ma famille. À la tour Eiffel, mon copain ______________ des cadeaux pour sa famille et ensuite nous ______________ au Louvre. Mon copain et mes parents ______________ le musée. Moi, bof. Ensuite, on ______________ un tour en bateau. Mais mon père ne ______________ pas le bateau. Après, nous ______________ des pizzas dans un restaurant sympa. Demain, mon copain ______________ à Lyon.

Jetzt kennst du schon die Verben auf -er und die unregelmäßigen Verben être, avoir, aller und faire. Wenn du dir Formen dieser Verben noch nicht so gut merken kannst, schau sie dir noch mal an:

être: L4, Übung 4 und 5
avoir: L2, Übung 3 und L3, Übung 8
aller: L5, Übung 1 und 2
faire: L4, Übung 6
Verben auf **-er:** L3, Übung 4 und 6

Diese Formen konnte ich mir gut merken:

____

____

____

Diese Formen sind besonders schwierig:

____

____

____

Les verbes dans Tous ensemble 1

avoir	
J' ________	des copains.
Tu ________	
Il / Elle / On ________	
Nous ________	
Vous ________	
Ils / Elles ________	

écouter	
J' ________	une chanson.
Tu ________	
Il / Elle / On ________	
Nous ________	
Vous ________	
Ils / Elles ________	

chercher	
Je ________	une idée.
Tu ________	
Il / Elle / On ________	
Nous ________	
Vous ________	
Ils / Elles ________	

être	
Je ________	à Paris.
Tu ________	
Il / Elle / On ________	
Nous ________	
Vous ________	
Ils / Elles ________	

aller	
Je ________	au parc.
Tu ________	
Il / Elle / On ________	
Nous ________	
Vous ________	
Ils / Elles ________	

faire	
Je ________	un gâteau.
Tu ________	
Il / Elle / On ________	
Nous ________	
Vous ________	
Ils / Elles ________	

Leçon 1

1 Bonjour!

a Alice stellt die Frage und Léo antwortet. Frage und Antwort sind gleich aufgebaut. Nur das Fragezeichen zeigt, dass es sich um eine Frage handelt.

b Tu t'appelles comment?
C'est qui?
C'est Rayan?
Ça va?

c – Tu t'appelles comment?
– Je m'appelle Alice.

– Ça va?
– Oui, ça va.

– C'est qui?
– C'est Alice.

– C'est Rayan?
– Non, c'est Léo.

Leçon 2

1 Je m'appelle

Rayan: Salut, je m'appelle Rayan. Et toi?
Léo: Je m'appelle Léo. J'ai 12 ans. Et toi, tu as quel âge?
Rayan: J'ai 13 ans. J'ai aussi une sœur, elle a 19 ans. Et toi, tu as des frères et sœurs?
Léo: Oui, j'ai un frère, il s'appelle Victor.

2 J'ai un chien, et toi?

1. Louna: Coucou Rayan ça va? Ah, tu as aussi un chien?
   Rayan: Oui, **il** s'appelle Titou.
2. Rayan: **Tu** habites ici?
   Louna: Oui, **j'**habite dans le quartier.
3. Louna: **Tu** as des frères et sœurs?
   Rayan: Oui, **j'**ai un frère et une sœur. Malik et Emmy.
4. Louna: Emmy a quel âge?
   Rayan: **Elle** a 19 ans.

3 Tu as des frères et sœurs?

a
1. Elle a des frères et sœurs?
2. Moi, j'ai un chien.
3. Tu as des frères et sœurs?
4. Rayan, il a une sœur.

b
1. Tu as des frères et sœurs?
2. Elle a des frères et sœurs?
3. Moi, j'ai un chien.
4. Rayan, il a une sœur.

c
1. J'ai des chats.
2. Elle a un chien.
3. Tu as un chat.
4. Il a des chiens.

4 Un frère / une sœur / des frères et sœurs

Léo: Tu as **des** frères et sœurs?
Rayan: Oui, j'ai une sœur et un frère. Et toi?
Léo: Oui, j'ai un frère. J'ai aussi un chat.

5 Des frères et des sœurs?

1. Emmy: Léo a une sœur?
   Rayan: Non, mais il a un frère.
2. Victor: Rayan a **des** frères et sœurs?
   Léo: Oui, il a un frère et une sœur.

6 Jeu de mots

a

J	C	G	G	S	I	W	Z	C	F	D
N	P	N	U	V	C	K	L	J	C	C
C	A	G	E	R	O	S	Œ	U	R	O
H	B	J	C	F	U	C	W	O	G	U
A	H	J	I	R	S	H	G	I	C	S
T	O	H	L	È	I	I	R	H	T	I
D	E	L	P	R	N	E	S	U	S	N
D	Z	B	E	E	W	N	S	P	G	E
N	B	H	K	S	T	N	Z	L	Q	T

b le chat, les frères, le cousin, la sœur, la cousine

Leçon 3

1 Tu aimes le foot?

Amir: Tu aimes le foot?
Julie: Non, mais j'aime le basket et la natation! Et toi?
Amir: Oui, moi j'aime le foot et aussi l'escalade.

Le verwendet man bei männlichen Nomen, **la** bei weiblichen. **L'** verwendet man bei Nomen, die mit einem Vokal beginnen.

2 Les cahiers de …

a Der bestimmte Artikel im Plural ist **les**. An das Nomen wird ein **-s** angehängt.

b 1. Voilà la règle et les gommes d'Alice.
2. Voilà les crayons et la trousse de Léo.
3. Voilà l'effaceur et le sac de Rayan.

3 Le chien de Maxime ou un chien?

a **Le** benutzt man, wenn man eine ganz bestimmte Sache im Singular meint (= einen ganz bestimmten Hund). **Les** für ganz bestimmte Sachen im Plural. **Un** benutzt man, wenn man eine unbestimmte Sache im Singular meint (= irgendeinen Hund). **Des** für eine unbestimmte Sache im Plural.

b un / une = ein / eine
le / la = der / die / das
les = die

c 1. Malika: **La** cousine de Julie a 14 ans.
Amir: Julie a aussi a **une** sœur?
Malika: Oui, elle a deux sœurs.
2. Julie: Maxime a **des** frères et sœurs?
Malika: Oui, il a **un** frère et **une** sœur.
3. Maxime: Voilà **les** cahiers de Julie.
Amir: Elle a aussi **une** trousse?
Maxime: Oui, elle a **un** effaceur, **des** crayons et **une** règle.
4. Amir: Tu aimes **le** sport?
Maxime: Oui, j'adore **l'**escalade.

4 Il aime le sport

a Léo: C'est Rayan. Il **adore** le sport.
Alice: Salut, Rayan. Tu **aimes** le basket?
Rayan: Bof, mais j'**ador**e le skate.

b je déteste
tu détest**es**
il / elle déteste

5 On a des copains

a Léo: Salut Rayan. Tu as une activité, aujourd'hui?
Rayan: Oui. J'ai natation. Au collège, **on** a badminton aujourd'hui?
Léo: Non. Mais **on** a le programme des activités. **On** cherche une activité ensemble?
Rayan: Oui, super.

On verwendet man, wenn man etwas über sich selbst und eine andere Person(en) sagen möchte.

b **Léo:** **Tu** as des frères et sœurs?
Rayan: Oui, **j'**ai un frère et une sœur. **On** a aussi un chien.

6 Ils aiment le foot

a Julie: Maxime, Amir, vous **aimez** la natation?
Maxime: Oui, nous **adorons** la natation. Et toi?
Julie: Non. Mais les copains de la 5ᵉB, ils **adorent** le foot!
Amir: Et les copines?
Julie: Elles **aiment** aussi le foot.

b nous aimons
vous aimez
ils / elles aiment

c 1. Julie: Il y a un match de badminton lundi au collège. **Tu** regardes le match?
Maxime: Oui, Amir et moi, **on** regarde le match ensemble.
Julie: Ah, cool!
2. Maxime: Amir et moi, **nous** cherchons une activité au collège.
Malika: **J'**ai une idée! **Vous** cherchez dans le programme.
Amir: OK.
3. Les copains trouvent une idée. **Ils** adorent le club vidéo.
Les copines trouvent aussi une idée. **Elles** aiment le club écologie.

7 Et toi, tu aimes quoi?

1. Julie: Vous **cherchez** une activité?
2. Amir: Oui, nous **regardons** le programme.
3. Maxime: Moi, j'**aime** le foot. Et toi, tu **aimes** quoi? Et Malika?
4. Julie: Malika et moi, on **aime** le foot.
5. Julie et Malika **aiment** le foot et elles **adorent** le cinéma.

8 Vous avez quel âge?

a J'ai une question.
Tu as un frère.
Elle a un problème.
Nous avons une idée.
Vous avez un portable?
Ils ont des copains.

b **Ils** verwendet man für mehrere Personen, die entweder alle männlich oder männlich und weiblich sind. **Elles** verwendet man für mehrere weibliche Personen.

c 1. Ils **ont** quel âge, les élèves?
2. Vous **avez** une bonne idée!
3. Nous **avons** des frères et sœurs.
4. Julie et Malika **ont** un match de badminton.

Leçon 4

1 Où est mon ballon?

a **Malik:** Où est mon sac? J'ai un match de ping-pong!
Mme Vidal: Je ne sais pas … Ah regarde, il est là, ton sac. Et voilà aussi ta raquette.
Malik: Merci. Et **mes chaussettes**?
Mme Vidal: Là, regarde. Au fait, ton frère cherche ton enceinte. Elle est où?
Malik: Dans mon sac. Je regarde. Oh, tiens, il y a aussi **tes lunettes** dans le sac.

b Man benutzt **mon und ton** vor männlichen Nomen im Singular.
Man benutzt **ma und ta** vor weiblichen Nomen im Singular.
Man benutzt **mon und ton** vor weiblichen Nomen im Singular, die mit einem Vokal beginnen.
Man benutzt **mes und tes** vor Nomen im Plural.

c mon / ton collège, stylo, école
ma / ta tasse, réponse
mes / tes chaussettes

2 Alice cherche …

a Man benutzt **son** vor männlichen Nomen im Singular.
Man benutzt **sa** vor weiblichen Nomen im Singular.
Man benutzt **son** vor weiblichen Nomen im Singular, die mit einem **Vokal** beginnen.
Man benutzt **ses** vor Nomen im Plural.

b Alice cherche **sa règle**. Alice sucht **ihr Lineal**.
Léo cherche **sa règle**. Léo sucht **sein Lineal**.
Im Französischen richtet sich der Possesivbegleiter nur nach dem Geschlecht des Gegenstands. Im Deutschen richtet er sich nach dem Geschlecht des Besitzers und dem Geschlecht des Gegenstands.

3 Le test

Alice: Pour le test, j'ai **mes** stylos. Tu as **tes** stylos?
Rayan: Oui, j'ai aussi **mon** effaceur. Et Léo, il a **son** effaceur?
Alice: Il arrive. Oui, il a **son** effaceur et **sa** règle. Et toi, tu as **ta** règle?
Rayan: **Ma** règle est là. Tu ranges **ton** portable?
Alice: Ah oui! Et j'espère que Léo a **ses** lunettes.

4 Allô, tu es où?

a **Mère de Maxime:** Allô Maxime? Tu **es** | est où?
Maxime: Je **suis** | es avec Amir.
Mère de Maxime: Ah, mais vous **êtes** | sont où? Chez Amir?
Maxime: Oui, nous **sommes** | sont dans la cuisine.
Mère de Maxime: Ses parents est | **sont** là?
Maxime: Sa mère es | **est** là.
Mère de Maxime: Ah d'accord.

c je suis, tu es, il / elle / on est, nous sommes, vous êtes, ils / elles sont

W	P	H	S	O	N	T
L	S	B	D	S	S	M
E	F	N	Ê	U	O	N
S	W	R	T	I	M	Y
T	E	S	E	S	M	C
M	Y	S	S	S	E	U
B	I	S	P	A	S	N

5 Vous êtes où?

Maxime: Coucou Julie, Malika et toi, vous **êtes** où?
Julie: Coucou Maxime, je **suis** là et Malika **est** là aussi.
Maxime: Ok, le match commence bientôt. Mes copains **sont** là aussi.
Julie: Cool! Lisa arrive. Elle **est** dans la rue. Nous **sommes** devant le stade.

Maxime: Ah super!
Julie: Bonne chance pour le match! Tu **es** un champion de foot!

6 Il fait une fête

a
1. je fais
2. tu fais
3. il fait
4. nous faisons
5. vous faites
6. elles font

b
1. Samedi, Malika **fait** une fête. Elle est au supermarché avec Julie. Les copines **font** les courses.
   Julie: Alors, qu'est-ce qu'on achète?
   Malika: Des chips. Et on achète aussi des œufs. Je **fais** un gâteau.
   Julie: Oh génial, tu **fais** ton super gâteau au chocolat?
   Malika: Oui.
2. Samedi, à 17 h, les copains arrivent chez Malika …
   Maxime: Eh, qu'est-ce que vous **faites**?
   Malika: Ben, nous **faisons** une playlist pour la fête.

7 La fête d'anniversaire

Alice: J'**organise** une fête samedi.
Léo: Oui, super bonne idée! J'**apporte** un gâteau?
Alice: Oui, super. Et toi, Rayan, tu **apportes** des boissons?
Rayan: OK. Et vous **aimez** les chips?
Léo: J'**adore** les chips!
Rayan: Alors j'**apporte** des boissons et des chips. Au fait, tu **habites** où?
Alice: J'**habite** dans le quartier. Voilà mon adresse.
Rayan: Merci. Alors, maintenant, j'**appelle** ma mère et je **discute** avec elle pour ta fête.

Leçon 5

1 Mon programme

a **au** verwendet man für männliche Nomen, **à la** für weibliche Nomen, **à l'** für männliche und weibliche Nomen, die mit einem Vokal beginnen und **aux** für Nomen im Plural.

b **au:** musée, club vidéo
à la: natation, campagne, chorale
à l': escalade
aux: Champs-Élysées

2 Vous allez où?

a
1. **Julie:** Malika, on <u>**va**</u> au cinéma?
   Malika: OK. Et les garçons, ils <u>**vont**</u> aussi au cinéma?
   Julie: Non, ils <u>**vont**</u> aux Champs-Élysées.
2. **Amir:** Tu <u>**vas**</u> au stade samedi?
   Maxime: Non, je <u>**vais**</u> au musée.
3. **Camille:** Papa et maman, vous <u>**allez**</u> où?
   Père: Nous <u>**allons**</u> au théâtre.
   Camille: Et moi?
   Père: Tu restes à la maison avec Maxime et Antoine.

b

				I	L	■	V	[1]A							
							T	[2]U	■	V	A	S			
						J	E	■	V	A	I	S			
						E	L	[3]L	E	S	■	V	O	N	T
N	O	U	S	■	A	L	L	[4]O	N	S					
						V	O	[5]U	S	■	A	L	L	E	Z
				I	L	S	■	[6]V	O	N	T				
								R							
					E	L	L	[8]E	■	V	A				

Malika va

[1]A	[2]U	■	[3]L	[4]O	[5]U	[6]V	R	[8]E

3 Nous allons à l'école …

b
1. Ils vont au supermarché.
2. On va au restaurant.
3. Je vais à l'école.
4. Nous allons aux Champs-Élysées.
5. Vous allez au stade.

4 Amir ne va pas à la piscine

a **Maxime:** Tu vas où avec ton sac? À la piscine?
Amir: Non <u>**je ne vais pas**</u> à la piscine. Je vais au parc avec Julie.
Maxime: Cool! Je vais au parc avec vous. Mais <u>**je n'ai pas**</u> ma raquette de badminton.
Amir: Julie a peut-être une raquette pour toi.

Maxime: Bonne idée. Allô Julie? Je vais au parc avec vous! **Tu n'as pas** une raquette pour moi?
Julie: Attends, je regarde. Oui, j'apporte deux raquettes.
Maxime: Super, merci!

b 1. – Ça va?
   – Non, **ça ne va pas.**
2. – Tu cherches ta règle?
   – Non, **je ne cherche pas ma règle**. Je cherche mon stylo.
3. – Ton copain aime son cadeau?
   – Non, **il n'aime pas son cadeau**. Il déteste les BD.
4. – Maxime et Julie ne vont pas au skatepark?
   – Non, **ils ne vont pas au skatepark**. Ils vont à la piscine.
5. – Tu ne vas pas au collège aujourd'hui?
   – Non, **je ne vais pas au collège aujourd'hui.** C'est les vacances.

5 Tu n'aimes pas

1. Je n'aime pas les musées.
2. Malika ne va pas à la tour Eiffel.
3. Mes cousins n'habitent pas dans le quartier.
4. Amir ne regarde pas les séries.

6 Regarde!

a In 1. sagt Rayan «regard**ez**», weil er sich an mehrere Personen wendet (Alice, Léo, Louna). In 2. sagt Léo «regard**e**», weil er mit einer einzelnen Person spricht (Louna).

b 1. Mais Louna, rigol**e** avec nous!
2. Eh les copains, rang**ez** bien les sacs!
3. Regard**ez** le pont! Léo, cherch**e** son nom s'il te plaît!

c **Regardez** mon gâteau au chocolat!
Alice parle avec ses copains / copines.

Rayan, **mange** le gâteau. C'est ton gâteau d'anniversaire.
Alice parle avec Rayan.

Mangez ma quiche. Elle est super.
Léo parle avec ses copains / copines.

Chante, Alice. C'est trop cool!
Rayan parle avec Alice.

C'est mon enceinte. **Écoutez** ma musique!
Alice parle avec ses copains / copines.

Tu aimes la pastèque, Rayan? **Regarde**, c'est pour toi.
Louna parle avec Rayan.

7 La visite

Aujourd'hui, on **visite** Paris avec mon copain de Lyon et ma famille. À la tour Eiffel, mon copain **achète** des cadeaux pour sa famille et ensuite nous **allons** au Louvre. Mon copain et mes parents **adorent** le musée. Moi, bof. Ensuite, on **fait** un tour en bateau. Mais mon père **ne supporte pas** le bateau. Après, nous **mangeons** des pizzas dans un restaurant sympa. Demain, mon copain **rentre** à Lyon.